LE

LIVRE DES VACANCES

OUVRAGES DU MÊME AUTEUR

POÉSIES

Nos bons Parisiens, 5e édition, 1 volume grand in-18, publié par Magnin et Blanchard.

Enfantines, poésies à ma fille, 8e édition, 1 volume grand in-18, publié par Magnin et Blanchard.

La Femme, 4e édition, 1 volume grand in-18, publié par Mme Louis Janet.

Les Oiseaux de Passage, 5e édition, 1 volume grand in-18, publié par Mme Louis Janet et M. Magnin.

ROMANS

Les Mystères de la Maison, 1 volume grand in-18, publié par Achille Faure

Les Magiciennes d'Aujourd'hui, 1 volume grand in-18, publié par Dentu.

La Vie de Feu, 1 volume grand in-18, publié par Dentu.

La Semaine de la Marquise, 1 v. gr. in-18, p. par Dentu.

Les Mariages Dangereux, 1 v. gr. in-18, pub. par Dentu.

Les Rieurs de Paris, 1 vol. publié par Dentu (Nouvelle bibliothèque choisie).

Les Romans du Wagon, 1 vol. publié par Dentu (Nouvelle bibliothèque choisie).

SOUS PRESSE

Les Deux Fils, Dentu éditeur (Nouvelle biblioth. choisie).

THÉATRE

La Loge de l'Opéra, drame en trois actes et en prose. Odéon. Editeur, Michel Lévy.

Le Trembleur, comédie en deux actes et en prose. Odéon. Editeur Marchant.

Les Absents ont Raison, comédie en deux actes et en prose. Odéon. Editeur, Marchant.

Les Deux Amoureux de la Grand'Mère, vaudeville en un acte. Théâtre de la Porte-St-Martin, éditeur, Marchant.

Les Inconvénients de la Sympathie. vaudeville en un acte. Théâtre de la Gaîté, éditeur, Marchant.

CHATEAUROUX. — TYP. ET STÉRÉOTYP. A. MAJESTÉ

LE
LIVRE DES VACANCES

L'ONCLE D'AMÉRIQUE ET LE NEVEU DE FRANCE

ZOZO, POLYTE ET MARMICHET

UNE RENCONTRE SUR LA NEIGE

PAR

Anaïs SÉGALAS

PARIS

LIBRAIRIE CH. DELAGRAVE

15, RUE SOUFFLOT, 15

1885

LE
LIVRE DES VACANCES

L'ONCLE D'AMÉRIQUE
ET LE NEVEU DE FRANCE

L'Amérique est pleine de trésors ; c'est le pays rêvé, plus riche que l'ancienne Colchide, où les Argonautes modernes, les Jasons parisiens, vont chercher quelques toisons d'or. Le Pérou a de hautes montagnes, qui sont comme de grandes pages de la création, écrites avec des rochers et semées de poudre d'or et d'argent. La Californie a des rivières qui charrient un sable d'or, sable charmant, attirant à sa recherche tous les aventuriers européens, tous les cerveaux creux et toutes les poches vides. La Martinique a jusqu'à des mouches lumineuses, que les femmes mettent dans leurs cheveux, comme des étoiles de diamants, et toutes ses sœurs, les Antilles, ont des pierres précieuses qui se posent sur les lianes, sous les noms d'oiseaux-mouches et de colibris.

Mais les Antilles, dans leurs trésors, n'ont pas seulement des oiseaux-mouches, elles ont aussi des oncles de deux ou trois millions ; les neveux européens ne bâtissent pas de châteaux en Espagne, ils les bâtissent en Amérique. M. Fargès était un des oncles américains ; il possédait près de la Pointe-à-Pitre une riche habitation où cent cases de nègres, groupées comme les maisons d'un village, étaient ombragées par les arbres luxuriants des colonies : le gommier, le goyavier, le tamarin et l'immense fromager, qui laisse tomber de ses feuilles de cotonneux et blancs flocons, s'éparpillant dans l'air, comme une infinité de fils de la Vierge.

Mais cet oncle doré fut bientôt un oncle ruiné : de folles prodigalités commencèrent le désastre ; le créole dépensait sa fortune largement,

Les cases étaient ombragées par les arbres.

fastueusement ; tout se fait là-bas avec munificence, les colons ne mesurent pas plus l'or que Dieu ne leur mesure le soleil.

La fortune, cette belle capricieuse, avait emporté dans un pan de sa robe la moitié des biens de M. Fargès ; il lui restait cependant une fille et une sucrerie ; la fille grandissait, la sucrerie prospérait ; mais un beau matin, les travailleurs noirs se réveillèrent libres ; la France venait de les émanciper. Aussitôt, avec cette activité et cette ardeur de travail qui distinguent la race noire, les nègres avaient été se coucher.

Ce fut en vain que l'infortuné M. Fargès parcourut toutes les cases de son habitation.

O Apollon ! O Saturne ! disait-il à ses anciens esclaves, ornés, comme la plupart des noirs, de noms mythologiques, voici le moment de la récolte : prenez vos coutelas, puis allez par bandes couper les cannes... Toi, Mercure le bien nommé, car tu m'as volé plus d'une fois ; toi, grand Neptune, vous les porterez au moulin, pour en extraire le vesou, et toi, divin Jupiter, je te charge d'écumer les chaudières.

Mais le noir Olympe aux cheveux laineux s'était croisé les bras comme un seul homme, ou plutôt comme un seul nègre, et avait répondu à l'ancien maître par ce proverbe, chéri des noirs : « Travail pas bon ».

Allez par bandes couper les cannes.

Puis ces dieux olympiens avaient couru jusqu'aux grands fonds, terre bien aimée des nègres libres, et là, ils s'étaient bâti des cases, cultivaient de petits jardins et vivaient comme de vrais propriétaires. Il faut si peu de chose à ces grands philosophes, qui ne connaissent ni Tortoni ni la Maison d'or, qui vivent d'eau claire, de patates, de bananes et suppriment le pain comme objet de luxe, pour le remplacer par la farine de manioc.

Il était bien resté dans l'habitation, en qualité d'ouvriers, quelques noirs, incapables de se suffire à eux-mêmes ; mais les bras étaient si restreints, les travailleurs si paresseux, que la sucrerie du colon lui fournissait à peine de quoi sucrer son café du matin, et faire faire ses gelées de goyave et ses confitures de barbadine.

Il lui restait encore sa fille ; mais c'était une fille à marier, et ces beaux oiseaux qu'on appelle prétendus ne se prennent qu'avec des filets d'or. Cependant Lilia avait toutes les séductions, toutes les grâces de certaines créoles : ses yeux noirs, tour à tour veloutés et étincelants, changeaient d'aspect comme un kaléidoscope ; sa taille était adorablement faite, sans l'aide de cette cuirasse que l'on nomme un corset. Les créoles ne s'en servent guère que dans les visites de cérémonie, qu'elles appellent alors visites en grand corset. La taille de Lilia était donc d'une souplesse de roseau ; sa démarche, un peu traînante, avait une gracieuse nonchalance, ses mains étaient imperceptibles ; en y regardant bien, on voyait qu'elle avait des pieds, mais assurément les pantoufles de Cendrillon eussent-été trop larges pour ces pieds-là. Quant à son teint, vous me direz qu'il y a de braves gens de Pontoise ou de Quimper-Corentin qui s'imaginent que les créoles sont d'un blanc douteux ; son teint, mesdames, était aussi blanc que le vôtre ; car les créoles de nos Antilles sont, par le fait, des Françaises d'Amérique, parfaitement distinctes des noirs, qui sont d'une race africaine. Les créoles dédaignent les nègres mille fois plus que ne le font les Européennes ; une duchesse de France épouserait plutôt son cordonnier, qu'une créole ne s'allierait, non seulement à un nègre, mais à un homme de couleur.

Revenons à M. Fargès. Un jour, il entra dans la chambre de Lilia, sombre et fatal, comme un père de mélodrame, et dit à sa fille d'un ton sinistre:

— O Lilia ! tu ne te marieras jamais, tu mourras vieille fille.

Lilia se souleva nonchalamment de son grand fauteuil, alla se regarder au miroir, et répondit :

— Je ne crois pas, mon père.

Le père allait cependant continuer ses doléances, lorsqu'une négrillonne apporta une lettre de France.

— Qui peut m'écrire ? dit le colon, en décachetant la lettre. Voyons la signature : Rodolphe Dartinville, mon neveu... Au fait, c'est vrai, j'ai un neveu en France... Je n'y pensais plus.

Et il se mit à lire avec indifférence la lettre suivante :

« Mon cher oncle, mon bon oncle, mon oncle bien-aimé, que je respecte et que j'aime avec toute la tendresse de mon âme... »

— Aura-t-il bientôt fini ? dit M. Fargès ; il veut donc me confire dans le sucre !

Il continua :

« Pourquoi l'Océan nous sépare-t-il, avec son immensité, ses vagues bondissantes, ses baleines, ses requins et son mal de mer ?... Mais je braverai tout ! Dieu m'a donné des loisirs, une grande et belle fortune ; je me réserve de vous faire des visites d'outre-mer ; j'irai vous surprendre, vous et ma cousine, car j'ai une cousine, qui doit avoir dix-huit ans, j'irai vous trouver, dis-je, dans votre habitation princière, au milieu de votre peuple de nègres et de toutes ces fabuleuses richesses de la splendide Amérique, etc. »

— Il me croit au moins millionnaire ! s'écria M. Fargès. O sainte ignorance ! illusion européenne ! il croit encore aux oncles d'Amérique ! Mais l'oncle d'Amérique n'existe plus ; c'est une vieille tradition classique qui s'efface tous les jours ; cela disparaît comme les diligences, les anciens télégraphes et l'éclairage à l'huile... Il paraît qu'il est riche, mon neveu de France... Effectivement, ma sœur a bien dû laisser à son fils une cinquantaine de mille livres de rentes... Ah ! il se souvient qu'il a une cousine. . Oh ! mon Dieu ! s'écria-t-il tout à coup, quelle idée, quelle merveilleuse idée !

— Qu'avez-vous, mon père ? dit Lilia, quel maringouin vous pique ?

Or, voici l'idée éblouissante, étourdissante et lumineuse qui traversait le cerveau de M. Fargès !

Assez et trop longtemps, pensait-il, on a exploité les oncles d'Amérique; voici le moment de songer aux neveux de France! Le neveu de France est un nouveau type, c'est un astre qui

Il s'embarqua huit jours après.

se lève à l'horizon; l'héritage paternel, les rentes sur l'État, les places brillantes, le couronnent de rayons d'or. L'oncle d'Amérique lui fait sa cour, et vole jusqu'à lui, comme l'alouette au soleil levant.

C'est du Nord aujourd'hui que nous vient la lumière.

— O neveu de France ! salut. Tu me crois riche, je le paraîtrai... J'épuiserai mes dernières ressources en deux ou trois mois d'éclat et de luxe ; tu tomberas aux pieds de ma fille, attiré par ses grâces, et par sa dot; je vous bénirai, je vous marierai, et, ma foi, quand le mariage sera fait, je te permettrai d'ouvrir les yeux, tu verras que cet oncle d'or massif n'était qu'un oncle de chrysocale. Mais, si tu oses m'adresser des reproches, je te répondrai que, dans ces temps de progrès et de renouvellement général, c'est le neveu qui doit faire la fortune de l'oncle.

Voilà pourquoi M. Fargès s'embarqua huit jours après sur la *Dorade*, avec sa fille et ses malles. Il aurait bien voulu joindre à son bagage un nègre, une négrillonne, quelque chose de noir, qu'il eût montré en France comme un échantillon des colonies ; mais ses esclaves affranchis, libres de ne pas le suivre au pays de l'hiver et

de la neige, avaient tous répondu à sa demande :
« Moi, pas volé. »

M. Fargès se promenait sur le pont de la *Dorade*, en rêvant à ce fâcheux incident, lorsqu'une chanson créole, devenue populaire à la Guadeloupe, et connue sous le titre de *Manzé Zizi*, vint le troubler dans ses méditations. Il prêta l'oreille, et entendit ce refrain de la vieille chanson :

> Pauv'e piti Manzé Zézi
> Li tini douleu', douleu'
> Pauv'e piti Manzé Zizi.
> Tini douleu' dans le cœur à li.

> Pauvre petite Mamzelle Zizi.
> Elle a une douleur, une douleur !
> Pauvre petite Mamzelle Zizi,
> Elle a une douleur dans le cœur.

Le chanteur était un nègre, non pas d'un noir incertain, d'une teinte mélangée ; ce n'était ni un grife, ni un câpre, ni un mulâtre, mais un nègre pur sang. un masque d'Arlequin, un plumage de corbeau ; ce nègre affectait une mise fashionable : il était vêtu d'un bel habit bleu, d'un pantalon vert, d'un gilet rouge, d'une cravate jaune serin, et paré, comme la boutique d'un bijoutier, de trois ou quatre chaînes de montre et d'une masse de breloques. Son charmant visage était gracieusement orné d'un nez épaté, de grosses lèvres de jais, et non de corail, comme on le suppose au théâtre. Le tout était couronné d'une sorte de laine de bélier noir, que les nègres s'obstinent à appeler des cheveux. Ce superbe nègre, nommé Adonis, se redressait fièrement et se dandinait sur le pont, avec toute la grâce que lui permettaient ses jambes en arc, terminées par deux pieds mal plantés, presque aussi longs en avant qu'en arrière du tibia : ce qui est un des signes distinctifs de la race noire.

M. Fargès fut ébloui ; c'était bien là le nègre qu'il lui fallait. Il alla doucement le tirer par l'habit.

— O charmant nègre ! lui dit-il, que vas-tu faire en Europe ?

— Moi, voulé une place dans la belle maison que les petits blancs d'Europe ils appellent un ministé.

— Une place dans un ministère ?

— Oui, moi voulé été ministe ou gaçon de bureau.

— Ministre... Que sais-tu donc faire, ô nègre, mon ami ?

— Moi, savoi jouer du tambou, pou fai danser le bamboula.

— C'est un talent d'agrément qui a son charme, mais qui est peu usité dans les ministères. Si tu sais jouer de la grosse caisse, tu pourrais plutôt te faire journaliste. Mais il ne s'agit pas de cela ; ces ministres sont si bizarres qu'ils n'apprécient pas toujours les gens qui savent faire danser le bamboula. Moi, je t'offre une place sur-le-champ.

— Une belle place de chef, près du petit blanc ministe ?

— Non une place de domestique, chez moi.

Moi ête un homme libe, répondit le nègre indigné, avec la pose d'un Toussaint Louverture.

— C'est vrai, tu es un homme libre, mais enfin...

— Moi voulé ête appelé monsieur, et voi les hommes d'Euope me saluer, en potant leu main blanche à leu chapeau noi. Moi, ête émancipé, et, au lieu de planter des cannes, moi voulé en teni une à la main, comme les beaux messieurs.

— Mais à Paris on ne plante pas de cannes. D'ailleurs, au bout de quelques mois, je te rendrai ta liberté. Mon petit nègre, mon aimable nègre, ne me refuse pas !... Tu feras si bien à mes côtés. Ces Européens ne peuvent pas supposer un créole sans un nègre à sa suite, qui lui dise : « Petit maître à moi, bon petit blanc. » Cela donne de la couleur locale... Ah ! j'oubliais que tu ne connais pas la couleur locale. Mais ce que tu comprendras, c'est que je te donnerai de superbes gages.

— Moi, pas voulé, dit le nègre. Moi avoi du jaune dans ma poche, de petites choses qui sonnent comme les sepents à sonnettes, et que j'ai amassées chez le maîte à moi.

— Mais tu n'as pas ce beau diamant, dit le créole, en lui montrant une bague. Eh bien ! sois mon domestique, pendant quelques mois seulement, et, quand tu me quitteras, je te donnerai ce diamant.

Les nègres sont comme les sauvages ; ils ont la passion de tout ce qui brille aux yeux. Adonis fut émerveillé. Il voulut résister ; il se recula, s'éloigna, mais il revint bientôt, fasciné par l'éclat du diamant.

— Moi, voulé bien, dit-il enfin ; mais Adonis il ne se vend pas, il ne se donne pas : il se prête pour quelques mois. Quand ce temps-là il sera passé, Adonis il aura gagné le soleil pou le mette au doigt à li. Mais, avant tout nous allons fait nos conventions….. Petit blanc il n'oubliera pas que c'est un homme libe qui cire les bottes à li. Devant le beau monde du pays de la neige, moi voulé bien passer pour domestique, et laisser tutoyer moi, si on me pale avec la politesse qu'on doit à un émancipé. Mais quand petit blanc sera seul avec moi, il aura soin de me dire toujou : « Monsieur. »

— Comment donc, monsieur du Corbeau, dit M. Fargès en s'inclinant, je ne demande pas mieux ! Toutes les fois que nous serons seuls, je vous dirai avec respect et politesse : « Monsieur, faites-moi le plaisir de balayer un peu cet appartement ; monsieur, veuillez avoir la gracieuseté de brosser mes habits. »

— Bien, oh ! bien, dit Adonis enchanté, moi ête content !

Il ne fallut que quinze jours à nos passagers pour franchir l'énorme distance qui sépare la

Pointe-à-Pitre du Havre-de-Grâce ; car les bateaux à vapeur sont plus rapides que les plus fins voiliers. Ces poétiques vaisseaux que le vent pousse selon ses caprices, dont les voiles blanches ou goudronnées semblent des ailes de cygne ou de corbeau, vont-ils donc disparaître bientôt comme les oncles d'Amérique ?

Le premier soin de M. Fargès, dès qu'il fut débarqué, fut d'écrire à Rodolphe qu'il serait à Paris le surlendemain. Effectivement, au jour indiqué, il arrivait dans la cité des merveilles, de la poésie, de l'intrigue, de l'agiotage, des grandeurs et des folies de toutes sortes.

Rodolphe était à son poste au débarcadère. En voyant venir un homme d'une cinquantaine d'années et une jeune fille d'une démarche gracieusement nonchalante, il devina son oncle et sa cousine. Le nègre qui les suivait ne lui laissa plus de doute ; il s'élança, sans crainte de se tromper, dans les bras de M. Fargès et deux cris sortirent de deux cœurs :

— O mon oncle !

— O mon neveu !

Cela fut touchant... Lilia trouva que son cou-

Vue du Havre.

sin avait un joli timbre de voix, et Adonis essuya une larme ; quant à l'oncle d'Amérique et au neveu de France, au milieu de leur effusion, ils trouvèrent le moment de jeter l'un sur l'autre un regard scrutateur.

M. Fargès avait bien pensé à prendre le costume et le ton de l'emploi, adoptés dans les comédies : longue redingote boutonnée jusqu'au menton, chapeau à larges bords, ton de bourru bienfaisant; mais en y réfléchissant, il avait préféré garder son habit élégant, d'un drap soyeux, et ses manières de la Guadeloupe, pleines d'urbanité et de distinction. Quoique généralement on dise dans les colonies : « Les seigneurs de Saint-Dominique, messieurs de la Martinique et les bonnes gens de la Guadeloupe, » tous les créoles, au milieu de leur abandon et de leur ton simple et naturel, ont une aristocratie native, qui est tout aussi bien le cachet de la Guadeloupe que des autres colonies.

Rodolphe était d'une tenue irréprochable : ses cheveux d'un blond cendré, qui couronnaient un fort joli visage, étaient taillés avec plus de symétrie que les ifs de Versailles. La nature lui avait donné une taille souple et élevée ; le tailleur lui avait fait un habit merveilleusement ajusté. Rodolphe était un membre du Jockey-Club, un gentilhomme du cigare, un viveur de chez Véfour, à la boutonnière fleurie, aux gants faits sur mesure et aux bottes vernies.

L'oncle et le neveu parurent satisfaits l'un de l'autre. En attendant que M. Fargès ait eu le temps de choisir un hôtel, Rodolphe lui proposa d'accepter chez lui un petit dîner de bienvenue. M. Fargès se garda bien de le refuser, et dit à Adonis, de manière à être entendu de son neveu :

— Tu vas te charger des malles et nous retenir au meilleur hôtel de Paris l'appartement le plus grand, le plus beau et le plus cher.

Rodolphe fit monter M. Fargès et Lilia dans une délicieuse calèche, dont un valet de chambre galonné abattit le marche-pied ; deux beaux chevaux de race partirent au grand trot, et s'arrêtèrent rue de Castiglione, chez Rodolphe. L'élégant amphitryon reçut les voyageurs dans un splendide appartement, aux rideaux et aux portières de brocatelle, aux meubles de laque et aux miroirs de Venise. On ne voyait là que des lambris dorés et l'on ne marchait que sur des tapis semés de fleurs, comme si l'on avait répandu sur le parquet toutes les corbeilles du printemps.

— L'aimable invention qu'un neveu de France ! se disait M. Fargès, en s'asseyant à une table garnie de vaisselle plate, et servie par un laquais en gants blancs.

— Je vous demande pardon, dit Rodolphe, de vous recevoir ainsi, sans cérémonie, avec une simple vaisselle d'argent ; c'est le couvert de l'amitié. Je garde pour les étrangers les plats de vermeil les surtouts dorés et les porcelaines de Sèvres.

— Il ne faut pas se gêner en famille, dit M. Fargès, en dissimulant sa joie et son admiration. Moi, mon cher neveu, je suis venu vous voir en France, bourgeoisement et simplement ; j'ai laissé là-bas mes huit cents nègres ; je n'en ai pris avec moi qu'un très petit échantillon, dit-il en montrant Adonis qui était revenu, après avoir retenu à l'Hôtel Continental un superbe logement pour son maître. Ce n'est pas mal, comme vous voyez, c'est d'un assez beau noir et d'une bonne qualité.

Il y a la négresse qui balance le hamac.

— Oui, c'est original, dit Rodolphe qui regardait Adonis en clignant les yeux. J'ai vu à la ménagerie un singe qui lui ressemblait.

— Un singe ! s'écria Adonis, suffoqué d'entendre comparer un homme libre à un singe.

— Et comment se nomme-t-il votre mulâtre ? demanda Rodolphe.

— Moi, ni singe, ni mulâte, dit Adonis, qui, ainsi que tous les nègres, dédaignait les mulâtres. Beau blanc pas savoi qu'Adonis est un nègue. On dit dans le pays à moi : « Le blanc il ète l'enfant de Dieu ; le nègue, il ète l'enfant du diable, mais le mulâte il ète l'enfant de personne. »

— Il est drôle, votre nègre, mon oncle, reprit Rodolphe. Vous disiez donc que vous en avez huit cents comme cela ?

— Mais oui, à deux mille francs pièce, cela représente une valeur de seize cent mille francs. Puis ma fille a une cinquantaine de négresses et de négrillonnes : celle qui balance le hamac, celle qui l'enveloppe de la moustiquaire, celle qui soigne le perroquet, celle qui ramasse le mouchoir, etc, etc.

— Mais je croyais, dit Rodolphe, que les nègres étaient émancipés ?

— C'est vrai, ils sont très émancipés... mais l'émancipation n'a fait que changer les termes :

nous avions des esclaves, nous avons des domestiques et des ouvriers, voilà toute la différence. En vérité, je ne puis m'empêcher de sourire quand je vois vos grandes maisons de Paris, dont le personnel se compose de cinq ou six laquais ! Ce sont des pays bien pauvres que ceux de votre Europe ; je ne voudrais pas du revenu de vos petits princes, à commencer par celui du prince de Monaco. Parlez-moi de l'Amérique, où les trésors ruissellent, où nous plaçons des fortunes fabuleuses sur les ailes des moulins de nos sucreries et de nos caféières, et où le jus de nos cannes à sucre retombe sur nous en pluie d'or.

Rodolphe ouvrait de grands yeux, comme un enfant à qui l'on dit un conte de fées, et bénissait tout bas Christophe Colomb d'avoir découvert les oncles d'Amérique.

— Adonis, une assiette ! dit le créole d'un air superbe en s'adressant à son nègre. Eh bien, tu ne bouges pas, imbécile ?

Mais, Adonis, suffoqué, se pencha à l'oreille de M. Fargès, et lui dit avec indignation :

— Moi pas voulé ête appelé imbécile, moi ête une homme libe.

— Pardon, monsieur, lui dit tout bas M. Fargès, veuillez avoir l'extrême obligeance de me donner une assiette.

Rodolphe et Lilia n'avaient garde de surprendre cet aparté ; ils étaient occupés à se regarder. M. Fargès mangeait, et Lilia examinait Rodolphe du coin de l'œil. M Fargès pensait tout bas : — Mon neveu a une bonne table. Lilia se disait : — Mon cousin a une jolie figure, et Rodolphe s'écriait : — Comme nos colonies sont riches ! il n'est pas jusqu'aux yeux des femmes qui ne soient des mines de diamants !

Mais tout finit, même les meilleurs dîners ; on se leva de table, et M. Fargès continua la conversation avec la sincérité qui le distinguait ; puis il prit congé de Rodolphe, et alla s'installer à l'Hôtel Continental, avec sa fille et son nègre.

Le lendemain, son premier soin fut de louer au mois un magnifique carrosse ; le neveu avait deux chevaux, l'oncle en voulut quatre ; il demanda la voiture à quatre heures, pour aller avec Lilia se promener au Bois de Boulogne où Rodolphe devait les rejoindre.

Tout l'hôtel Continental se mit aux fenêtres pour voir entrer dans la cour l'équipage, le cocher et les quatre chevaux. Tout cela était peint à neuf, lustré, galonné, étrillé et harnaché. On demanda si c'était le carrosse d'un marchand d'orviétan, d'une danseuse de l'Opéra ou d'un industriel qui faisait rouler sa réclame.

Malheureusement, il manquait un valet de pied.

M. Fargès alla trouver Adonis, et lui dit, avec toute la politesse convenue entre eux :

— Monsieur, si cela ne vous dérange pas, voulez-vous me faire l'honneur de monter derrière ma voiture ?

— Moi pas pouvé, dit Adonis, moi avoi une audience au ministé de la marine.

— Au ministère de la marine ? Qu'importe ! je vous supplie de ne pas me refuser, Monsieur de l'Adonis, vous feriez un effet superbe sur le marche pied, vous êtes d'un si beau noir !... Songez donc qu'en fait de nègre, on ne connaît à Paris que les ramoneurs et les charbonniers ! C'est mauvais teint, cela fait pitié. Mais votre visage, à vous, est peint par la nature comme la plume

du corbeau. O Monsieur de la Négrillade ! cédez
à mes humbles instances.

— C'est pour obliger vous, dit Adonis d'un ton
suffisant ; moi consenti, mais à la condition qu'en
évenant du bois, vous allez jeté moi à la pote du
ministé.

— Je sais trop ce que je vous dois pour ne pas
me rendre à vos ordres, dit M. Fargès en s'inclinant.

Ah ! comment vous peindre l'effet que produi-
sirent sur les badauds l'oncle, la cousine, le
nègre et les quatre chevaux ! L'oncle était ra-
dieux comme le soleil, la jeune fille brillante
comme une étoile, le nègre noir comme la nuit,
les chevaux glissaient comme des éclairs, et les
passants se disaient : — Est-ce le char d'une
princesse de Perrault ? Est-ce le carrosse du
prince Charmant ?

Mais Rodolphe, qui chevauchait près de la por-
tière, répondait à ses amis :

— C'est mieux que cela, c'est la voiture d'un
oncle d'Amérique.

Et tous les viveurs ruinés, tous les étudiants
paresseux, tous les chevaliers d'industrie, toutes

les diverses espèces de bohêmes de salon, à la poche vide et aux bottes vernies, disaient en ôtant leur chapeau :

— Salut aux millions qui roulent, salut à l'oncle d'Amérique !

Oh ! qui rendra les pièces d'or semblables aux grains de blé qu'on sème et qui se reproduisent ? M. Fargès était le semeur ; il dispersait ses dernières ressources sur l'asphalte parisien, et ce champ productif ne faisait pas germer de moisson. Il espérait cependant faire quelque jour la récolte chez son futur gendre, et continuait ses mensonges superbes et fastueux. Lilia s'y prêtait par obéissance filiale, mais sans en comprendre le but.

Avec l'adorable innocence de ses dix-huit ans, elle ignorait profondément tous ces calculs qui agrandissent la fortune et rétrécissent l'âme. Le mariage était pour elle l'union de deux cœurs.

— Dans un bon ménage, disait-elle, un et un font un. C'était là toute son arithmétique.

Rodolphe tournait comme un satellite autour de cette planète des Antilles ; il était charmé, fasciné, mais trop habile pour brusquer la demande en mariage. Il fallait d'abord se faire aimer, pour ne pas courir le risque d'un refus ou d'une retraite humiliante.

Deux mois s'écoulèrent ainsi ; la bourse de M. Fargès allait être vide comme une cage dont les oiseaux sont envolés, lorsqu'un jour Rodolphe vint respectueusement prier cet oncle vénérable de dîner chez lui, sans façon, dans un tête-à-tête qui promettait de douces confidences.

Le repas, en effet, fut animé par la causerie la plus tendre et la plus intime : l'oncle avait des paroles de miel et vantait sa magnifique sucrerie de l'autre monde, le neveu avait des paroles d'or et additionnait ses nombreuses rentes sur l'État ; l'oncle énumérait ses huit cents esclaves noirs, le neveu ses quatre ou cinq domestiques blancs. Ces confidences mutuelles les disposaient tous deux à l'effusion, à l'attendrissement et à l'éblouissement. Rodolphe demanda à M. Fargès la parole pour une communication importante. Le cœur de l'oncle battait, et la demànde officielle allait s'échapper des lèvres du neveu.

Mais voilà qu'on entendit à la porte d'entrée un

coup de sonnette, formidable, impérieux, qui retentit dans l'appartement.

— Qui vient ainsi me déranger chez moi lorsque je dîne? s'écria Rodolphe. Est-ce le sonneur de Notre-Dame ?... François, dites à Antoine de dire à Etienne de recommander à Jacques de ne pas recevoir.

Mais avant que l'ordre lui fût transmis, Jacques ouvrait la porte d'entrée, et l'on entendait une voix sonore vibrer dans l'antichambre.

— Bonjour, mon brave Jacques, disait la voix, je suis exténué de fatigue... Allons, vite, un bon dîner et un grand feu.

— Qui se permet de donner des ordres chez moi? dit Rodolphe en se précipitant vers la porte de la salle à manger. Mais un homme d'une trentaine d'années, d'une tournure aristocratique, malgré son costume de voyage, entra brusquement, suivi de Jacques et d'Antoine qui portaient ses malles. En apercevant cet homme, Rodolphe recula épouvanté, comme le flot du récit de Théramène ! Hélas ! qui peut savoir comment se terminera le repas le plus joyeux ! Balthasar, au milieu du festin, voit une main écrire sur la muraille : *Mané, Thecel, Pharès* ; Macbeth, à sa table de roi, aperçoit tout à coup le spectre de Banquo. Tel qui rit au potage pleure au dessert, et souvent le fiel et l'amertume sont au fond du verre de champagne.

Cet homme qui venait ainsi troubler le festin de Balthasar, ce n'était pas Cyrus, c'était le maître de la maison. Nous en sommes au moment des déceptions ! Il faut déchirer ce voile d'or, dont nous nous plaisions à envelopper le neveu de France. Il avait été riche sans doute, mais sa fortune était déjà de l'histoire ancienne, comme celle des Babyloniens et des Perses. Quand il eut semé toutes ses richesses chez Véfour, chez le tailleur et chez le carrossier, il vit dans le lointain, par delà les mers, luire une dernière espérance, sous la forme d'un oncle d'Amérique. O fraternité des âmes ! O douce et tendre sympathie ! l'oncle d'Amérique et le neveu de France cherchaient mutuellement à se tromper, et tous les deux n'étaient dorés que par le procédé Ruolz !

Le baron de Courgy, qui revenait prendre possession de son logis, était un ami, un confident de Rodolphe : le Pylade de cet Oreste, le Damon de ce Pythias. En partant pour un voyage, cet ami, qui déjà avait donné son cœur à Rodolphe, lui prêta son appartement, sa voiture et ses domestiques. Mais Pylade avait prévenu Oreste qu'il reviendrait au bout d'un mois : il s'en était écoulé deux, et Pylade, en rentrant chez lui, croyait trouver son appartement vide, comme les ruines de Carthage ou de Memphis.

Rodolphe cependant lui fit un signe éloquent : le baron tourna les yeux vers M. Fargès, vit Adonis derrière lui, comme une enseigne coloniale, devina l'oncle d'Amérique dont on lui avait parlé, et se promit de ne pas trahir l'amitié.

— Comment, c'est ce cher baron ! dit Rodolphe, qui se remit promptement ; c'est mon ami que je vous présente, mon cher oncle. Il arrive de Toulouse, et vient, je l'espère, passer quelques jours avec moi.

M. Fargès salua le baron, tout en le trouvant intérieurement d'un sans-gêne incroyable, et en se promettant d'éconduire ce parasite, quand sa fille serait mariée.

Le baron se mit à table, en demandant pardon à Rodolphe d'être venu ainsi avec le sans-façon de l'amitié. Il commença par jouer son rôle assez habilement, et put passer à la rigueur pour un visiteur poli, discret et parfaitement au fait de la civilité puérile et honnête. Mais bientôt la force de l'habitude reprit son empire et il s'écria :

— Eh bien ces paresseux de laquais ont quitté leur poste !

Et il sonna à pleine volée, pour qu'on changeât son assiette.

— Depuis quand, pensa M. Fargès, est-ce le convive qui sonne les domestiques ? Il paraît que ce monsieur a un furieux penchant pour les sonnettes ; ce doit être un ex-président de la Chambre des députés.

Rodolphe était au supplice. Il se hâta de gronder Jacques, dès qu'il parut, et de servir au baron une aile de volaille, avec toute la prévenance d'un amphitryon. Mais le baron s'écria tout à coup :

— Ce rôti est horriblement brûlé ! Jacques, faites venir le cuisinier.

Jacques obéit. M. Fargès regardait le baron avec stupéfaction, Rodolphe avait la fièvre.

— Maraud ! dit le baron au malencontreux cuisinier.

—Maroufle ! dit Rodolphe deux tons plus haut, pour revendiquer son rôle de maître de maison.

— Un cuisinier qui brûle un rôti, c'est un poète qui fait un vers faux, dit le baron ; si tu commets encore un semblable péché...

— Si tu te rends coupable d'un pareil crime... reprit Rodolphe.

— Je te chasse, dirent-ils ensemble avec la même colère, la même note et une harmonie parfaite.

— Quoi, monsieur, dit M. Fargès au baron, vous chassez le domestique de mon neveu ?

Tout allait se dévoiler, le château de cartes que Rodolphe avait bâti sur la tête de son oncle allait s'écrouler d'un soufle ; mais l'exclamation de cet oncle stupéfait éclaira le baron ; il maudit sa distraction, et se demanda comment il allait rattacher les mailles de ce filet à moitié rompu. Par bonheur, la sainte amitié l'inspira, et il dit à Rodolphe de l'air le plus contrit du monde !

— Pardon, mille pardons, mon ami, si je me permets de faire des reproches à tes domestiques. Vous allez penser, monsieur, dit-il à l'oncle d'Amérique, que nous agissons en France comme des manants ; mon Dieu ! j'ai une excuse toute simple ; ce maroufle de cuisinier a été à mon service, et j'ai conservé l'habitude de le traiter comme mes gens.

— Et tu as raison, mon ami, reprit vivement Rodolphe ; agis comme chez toi, je t'en supplie.

Enfin, ce cruel repas finit, et M. Fargès se contenta de penser que le baron était l'homme le plus mal élevé du monde. Rodolphe, tout ému du danger qu'il venait de courir, sentit la nécessité de brusquer ce précieux et magnifique mariage. Le lendemain de cette journée orageuse, le neveu de France alla demander solennellement la main de sa cousine et l'oncle d'Amérique la lui accorda avec un empressement déguisé sous une savante dignité.

Le jour du contrat vint enfin. Le notaire, la plume à la main, pria le prétendu et le père de la mariée de faire connaître leurs fortunes respectives. Oh ! qui nous dira le nombre des étoiles du ciel, des grains de sable de la mer, et des mensonges de l'oncle et du neveu ! L'oncle fit inscrire sur le contrat des sucreries fabuleuses, le neveu des actions innombrables dans de puissantes Compagnies, depuis longtemps en faillite ; l'oncle fit enregistrer ses huit cents noirs qui se bornaient à Adonis ; le neveu, des immeubles imaginaires, des terres, des fermes, des châteaux. On sema de fabuleux trésors sur le papier timbré, et le notaire lui-même en eut des vertiges et des éblouissements.

Les splendeurs du mariage furent étourdissantes. Le matin, l'église Saint-Roch fut si brillante et si pompeuse, que jamais on ne vit tant de cierges, de mémoire de suisse. Le soir, la mariée fut si éclatante, que jamais on ne vit tant de diamants, de mémoire de femme.

On s'entretint pendant longtemps du trousseau princier donné par M. Fargès à sa fille, de la corbeille royale offerte par Rodolphe à sa femme. On appela les nouveaux mariés monsieur et madame Million. On parla de ce mariage comme d'un conte de fées, et l'on dit que la princesse Diamantine venait d'épouser le prince Escarboucle. Or, le prince Escarboucle avait loué un riche appartement dont il comptait payer le loyer avec l'argent de la princesse Diamantine. C'est là que nous les retrouvons, dans un salon couleur d'or et d'écarlate, huit jours après leur splendide union. Lilia est assise paresseusement sur un divan ; Rodolphe et M. Fargès sont devant une table et lisent ensemble les journaux.

Mais quel est cet homme qui pénètre jusque dans leur sanctuaire? Il demande M. Fargès, s'approche de lui et lui dit avec toutes sortes de saluts :

— Monsieur, c'est une petite facture.

— Une facture! s'écria M. Fargès, à qui le seul mot de facture agitait tout le système nerveux ; mais vous n'êtes pas mon fournisseur. Je ne vous dois rien.

— Non, certes, répondit le marchand, monsieur ne doit rien à personne.

M. Fargès vit qu'il n'était pas connu et reprit toute son assurance.

— C'est M. Dartinville, votre gendre, dit le marchand en se tournant vers Rodolphe, qui a daigné acheter chez moi un écrin de cinquante mille francs pour la corbeille de mariage de madame votre fille.

Rodolphe gardait le silence ; il fallait bien que tôt ou tard l'orage éclatât ; il l'attendait stoïquement et ne faisait rien pour le conjurer.

— Ce n'est pas moi, dit M. Fargès, qui paye les présents que mon gendre fait à sa femme ; adressez-vous à lui.

— C'est ce que j'ai fait hier même, mais monsieur n'a pas daigné me solder. « Je vous payerai sur la dot de ma femme », m'a-t-il répondu.

— Que dites-vous, s'écrièrent à la fois M. Fargès et Lilia.

— N'insistez pas pour un payement immédiat, a continué monsieur votre gendre en me congédiant, ainsi que quatre ou cinq autres créanciers. Mais tranquillisez-vous, ô mes chers amis ! J'ai fait un mariage magnifique, qui va relever ma fortune écroulée ; j'ai épousé une charmante cousine du nouveau monde. Si vous êtes pressés, présentez vos factures à mon riche beau-père, au créole possesseur de huit cents nègres, à mon oncle d'Amérique, en un mot.

— Horreur ! horreur ! horreur ! s'écria M. Fargès. Tromper ainsi un oncle respectable. Faire de la chaîne de l'hymen un lacet pour prendre des dupes ! Annoncer une fortune illusoire !... Mais c'est un mensonge odieux, une fourberie infâme. Ah ! tu spéculais sur les millions de ton oncle d'Amérique !... Eh bien, cet oncle indigné te donne sa malédiction !

Pendant que Lilia courait éplorée de son père à son mari et que M. Fargès était occupé à maudire Rodolphe, un nouveau personnage entr'ouvrit la porte. Grâce à son chapeau et à sa robe de soie, on voulut bien l'introduire dans le salon. C'était une femme à trois volants et à trois mentons, maîtresse lingère et maîtresse femme.

— Monsieur, dit-elle à Rodolphe, c'est une petite facture.

— Ah ! cette fois, dit Rodolphe, il y a erreur ! Vous n'êtes ni mon tailleur ni mon bottier. Madame, je ne vous dois rien.

— Ce n'est pas vous qui me devez, monsieur. c'est monsieur votre beau-père, qui a bien voulu acheter chez moi le superbe trousseau de madame. Nous avons dix mille francs de Malines, de point d'Alençon, de Valenciennes ; puis de la batiste, des fournitures, des façons. Le tout fait quarante mille francs, une bagatelle pour vous, une misère, monsieur.

— Mais, madame, cela ne me regarde pas ; adressez-vous à mon beau-père, continua Rodolphe en désignant M. Fargès, qui ne maudissait plus et qui baissait la tête.

— C'est ce que j'ai fait, monsieur ; mais monsieur votre beau-père m'a répondu : « Ma chère madame Mignonnet (je m'appelle Mignonnet, monsieur, rue Saint-Honoré, à l'enseigne du *Gagne-Petit*), ma chère madame Mignonnet, le sucre va mal, l'esclave s'émancipe ; tel que vous me voyez, je n'ai plus qu'un seul nègre ; encore va-t-il me quitter pour entrer dans les bureaux du ministère de la marine. »

— Un seul nègre ! s'écria Rodolphe, qui se posa superbe et indigné en face de M. Fargès, mais vous en avez fait enregistrer huit cents sur le contrat de mariage !

Mme Mignonnet continua :

— « Il me serait donc impossible de vous

payer ce mémoire, me dit monsieur votre beau-père ; mais si les colonies sont pauvres, la France est riche ; ma fille vient d'épouser un millionnaire. Présentez donc votre facture au splendide Parisien, caissier de l'oncle d'Amérique, au propriétaire de tant de châteaux, de fermes, de maisons dans tous les quartiers de Paris, à mon neveu de France, en un mot. »

Rodolphe tomba sur un fauteuil, en face de M. Fargès. L'oncle et le neveu se regardèrent confus et humiliés, les deux renards s'étaient pris mutuellement au piège.

— Nous sommes ruinés ! s'écrièrent-ils.

— M'aimes-tu Rodolphe ? dit Lilia.

— Plus que tout au monde, s'écria Rodolphe, qui cette fois ne mentait pas.

— Eh bien, nous sommes riches ! Nous aurons à notre humble foyer la jeunesse, l'affection, le bonheur ; cela vaut bien toutes les rentes de France et tous les trésors des Antilles... Monsieur le bijoutier, vous allez reprendre votre écrin ; vous, madame, mon trousseau de mariée. Et nous, dit-elle à Rodolphe et à son père, quand les fournisseurs furent congédiés, nous vivrons sans luxe avec quelques débris de nos anciennes fortunes. Ah ! dame, nous n'aurons pas d'équipage… mais je marcherai dans la rue, mon Rodolphe, en m'appuyant sur ton bras ; j'aurai des caoutchoucs et les ailes de l'amour.

L'oncle et le neveu embrassèrent Lilia, chacun sur une joue. Rodolphe, qui avait au moins le mérite d'adorer sa femme, se sentit attendri. M. Fargès, qui aimait sa fille, ne fut pas moins touché. Tous deux cependant songèrent avec chagrin à leurs brillants rêves, et furent malades d'une fortune rentrée. Mais à défaut de billets de banque pour panser leur plaie, Lilia leur donna tout son cœur ; cette monnaie-là valait bien l'autre et parvint enfin à les consoler. Une petite place que Rodolphe obtint leur permit de vivre modestement à un cinquième étage. Ils eurent bien encore quelques tristes pensées, quelques regrets douloureux ; mais ils lurent les philosophes de l'antiquité pour se résigner et pour oublier les beaux rêves du passé. Ils regardèrent Lilia pour aimer le présent ; puis ils bâtirent des châteaux en Espagne pour embellir l'avenir.

Quant au superbe Adonis, il quitta son maître pour vivre en homme libre et en fashionable. Il orna son doigt noir de la bague que M. Fargès lui avait promise pour gages, il mit des gilets écarlates, des cravates jaunes et redemanda des audiences au ministère de la marine. Ses nombreuses sollicitations, sa haute capacité d'homme d'État lui firent obtenir une place de grosse caisse à l'orchestre de l'Opéra.

Mais l'amour du pays l'emporta sur les grandeurs ; il quitta la grosse caisse pour retrouver à la Pointe-à-Pitre le tambour bel air et le bamboula. Quelque jour, ce noir, Homère, poète et improvisateur, comme presque tous les nègres, va mettre en couplets, non pas le siège de Troie, mais l'histoire de son ancien maître ; puis à l'ombre des cocotiers et au son du tambour, il chantera à ses compagnons la chanson de l'oncle d'Amérique et du neveu de France.

ZOZO, POLYTE ET MARMICHET

HISTOIRE

DE TROIS GRANDS HOMMES ET DE QUATRE DESSINS
DE GAVARNI

Près de dix-neuf siècles après César, Pompée
et Brutus, on vit fleurir, dans un petit village
de la Champagne, Zozo, Polyte et Marmichet.

Ces trois héros, nos illustres contemporains,
héritiers présomptifs des trois grandes familles
Pitou, Chaillot et Touillet, étaient trois petits
paysans. Ils firent leurs premiers pas en cette vie
dans de gros sabots, et quelquefois pieds nus ;
les baisers du soleil leur brunissaient le front,
les soufflets de leurs parents leur rougissaient
la joue. Zozo était brave comme un lion, Polyte

fin comme un renard, et Marmichet, hypocrite et méchant, avait une ressemblance de famille avec le serpent.

Les trois amis faisaient leurs études chez M. Jacquinet, maître d'école du village. M. Jacquinet était un savant qui enseignait à ses élèves une grammaire indépendante et des verbes insurgés. Il les préparait ainsi à passer un baccalauréat ès lettres, très convenable pour pousser la charrue.

Le maître d'école avait une fille et un prunier : la fille était une enfant ; mais le prunier avait atteint toute sa croissance. Il s'élevait orgueilleusement, tout chargé de fruits. Les prunes n'étaient pas de simples mirabelles, d'obscures et vulgaires prunes de Monsieur ; c'étaient des dames de haute lignée, d'illustres prunes de reine-claude. Elles étaient vêtues de belles robes vertes, couleur d'émeraude et d'espérance ; leurs feuilles, qui se balançaient doucement, leur servaient de chasse-mouches et d'éventails. Et cependant elles n'en étaient pas plus fières, ces reines-claudes, reines de la branche aînée des prunes ; elles avaient un petit air avenant et

avenirs de l'école: « Marmichet disait au maître que Polyte et Zozo
chippaient des prunes. » (Gavarni.)

familier, et quand le vent secouait doucement le prunier, elles faisaient de petits signes de tête aux écoliers, et semblaient leur dire : — Venez donc, mes petits amis !

Malheureusement, le maître d'école, qui avait dans ses élèves une immense confiance, ne les perdait pas de vue un seul instant, quand ils jouaient dans le jardin. Comment faire pour s'emparer des prunes ? C'était là l'idée fixe de Polyte et de Zozo, la pensée de leurs journées, le rêve de leurs nuits.

Un jour, c'était un dimanche, les trois amis passaient devant la maison du maître et longeaient les murs du jardin. M. Jacquinet, qui remplissait à la fois les fonctions de chantre et de maître d'école, était à l'église et chantait les vêpres. Le village semblait abandonné; pas un être humain, pas une ombre !... On se serait cru dans une rue de Versailles.

Le prunier passait sa tête au-dessus du mur, et regardait les écoliers d'un petit air provoquant. Zozo, qui marchait absorbé dans ses réflexions et dans l'attitude d'un penseur, releva la tête tout à coup, et dit ces paroles mémorables :

— Si nous chipions des prunes !

Polyte, qui était un petit Talleyrand en sabots, regarda le prunier, cligna l'œil, et se dit tout bas :

— Celui qui est sur la branche peut tomber, celui qui est sous la branche peut ramasser.

On eût dit que Polyte avait vu des révolutions.

— T'as raison, mon Zozo, dit-il ; grimpe sur l'arbre ; moi, je te ferai la courte échelle.

Marmichet, qui était un sournois, se tenait à l'écart, et grommelait entre ses dents, dans le français que lui avait appris le maître d'école :

— Si je les dénoncions, ces deux voleux de prunes, le maître les mettrait en pénitence, et ça m'amuserait.

Zozo, brave comme César à la bataille de Pharsale, s'élança à l'escalade, mit un pied sur l'épaule de Polyte, l'autre sur une brèche faite dans le mur, et parvint, non sans se déchirer les mains, à s'accrocher au prunier. Il secouait les prunes sur Polyte, qui les saisissait au passage et les mangeait sans péril, tandis que Marmichet, les mains dans ses poches, les regardait faire d'un air sournois.

Le tableau était complet, il ne manquait que le peintre, et le peintre passa. Ce n'était pas encore un artiste, c'était une espérance, un enfant, un petit citadin, venu avec ses parents passer quelques mois dans le village. Il examina les écoliers d'un regard déjà scrutateur, étudia le tableau, prit un crayon, fit une esquisse, la donna en riant à Polyte et disparut.

Cet enfant, qui devait être plus tard un philosophe, un moraliste, un artiste ingénieux, cachant une pensée profonde sous un éclat de rire, c'était Gavarni, le roi du dessin moderne.

Le lendemain, Marmichet dénonça ses deux camarades au maître d'école.

Or, le jardin du maître d'école était pour lui un paradis terrestre champenois ; les plus beaux arbres s'y élevaient, excepté toutefois l'arbre de la science. Quand le pauvre Jacquinet vit qu'on s'était permis de toucher à ses prunes, il ne contint pas sa colère, qui partit comme du champagne mousseux. O Clio ! Muse de l'histoire, dis-nous combien de coups de férule reçurent ces deux héros intitulés Polyte et Zozo ! Leurs mains en rougirent de douleur, leur front en rougit de honte. La petite fille du maître d'école intercéda pour eux, et le maître, dont le cœur était bon et dont la main se fatiguait, fit grâce aux coupables du reste de la peine.

Zozo, nature bouillante et indomptable, alla trouver Marmichet, lui détacha un magnifique coup de poing, et lui dit ces mots, qui eussent mérité d'être recueillis par Hérodote ou Xénophon :

— T'es qu'un pas grand'chose et un espion ; t'as dénoncé les amis, tu les as fait battre comme du blé dans l'aire. Tu me payeras ça queuque jour ; je ne te dis que ça.

C'était ainsi que s'exprimaient les élèves du nouveau collège Charlemagne dirigé par le maître d'école.

Or, depuis ce jour mémorable, il se passa bien des moissons, il y eut bien des grains semés, bien des blés mûris et fauchés, bien du lin filé par les bonnes femmes. Polyte et Zozo avaient grandi ; on les déclarait, à six lieues à la ronde, les plus beaux garçons du village, parce

« Pourtant Polyte est devenu adjoint au maire... »

qu'ils étaient maintenant robustes comme des · chênes et rouges comme des coquelicots.

Le maître d'école avait toujours sa fille et son prunier. Ses deux anciens élèves, devenus des jeunes gens, ne se souciaient plus de ses prunes ; ils eussent préféré se marier avec sa fille. C'était une belle jeunesse, hâlée, bouffie, avenante ; jeune une et droite comme un épi vert, et dorée comme un épi mûr : peut-être avait-elle la tête plus légère et moins remplie de bons grains ; mais c'était pourtant une fille sage, et capable de devenir une excellente ménagère.

Césarine était son nom de baptème ; mais, comme son honorable père s'appelait Jacquinet, et que, dans les villages de la Champagne, on féminise volontiers les noms de famille, on l'appelait la Jacquinette, suivant la mode du pays.

Polyte et Zozo eurent donc tous les deux la même idée en regardant cette belle jeunesse, qui fleurissait comme un printemps.

Zozo était actif, vaillant, généreux et dévoué ; il pensa qu'à force de gros soupirs et de petits soins il gagnerait le cœur et la main de la Jacquinette.

Polyte était adroit et rusé ; il attendit les circonstances pour supplanter Zozo. Il était de ces gens qui prennent les oiseaux dans les pièges que d'autres ont tendus.

Si la Jacquinette allait faire de l'herbe, selon l'expression du pays, et revenait en portant sur sa tête un énorme paquet de trèfle et de sainfoin, Zozo la débarrassait de son fardeau, pour s'en charger lui-même, et marchait péniblement, la tête enfouie sous un ballot d'herbe, tandis que Polyte, dont il ne se défiait pas, cheminait légèrement près de la jeune fille ; puis, tout en courant en avant, échangeait avec elle de gros rires et de plus gros coups de poing, préliminaires habituels de la chevalerie villageoise.

Quand le mois d'août fut venu, lorsque les moissonneurs, espèces de salamandres qui vivent au milieu du feu, commencèrent à faucher les blés, par un soleil ardent, la Jacquinette prit sa faucille et se mit à travailler dans les champs paternels ; car son père avait d'assez nombreux domaines de seigle et de froment.

Pendant que le soleil dardait sur la tête de la moissonneuse trente degrés de chaleur, Zozo se sentit ému de compassion en voyant la sueur perler au front de la jeune fille. Il la fit asseoir au bord du chemin, puis il se mit à faucher pour elle : il fallait voir avec quel zèle et quelle ardeur !... Il valait à lui seul dix moissonneurs. Le soleil lui brûlait le front et le cuivrait comme un Bédouin, la sueur inondait son visage ; mais qu'importe ! c'était pour la Jacquinette !... Il courait dans les blés comme une sauterelle, supportait le soleil comme un lézard, amassait les gerbes sur les gerbes, les élevait en édifice ; il eût été capable de bâtir une tour de Babel en gerbes de froment !

Pendant ce temps, Polyte, frais et reposé, allait s'asseoir près de la Jacquinette et causait avec elle.

Quand la moisson fut finie, deux jeunes gens se présentèrent chez le père Jacquinet : c'étaient Polyte et Zozo : ils venaient demander en mariage Mlle Césarine Jacquinet.

— Je suis bien embarrassé de choisir entre vous deux, dit le maître d'école, vous êtes deux braves garçons, également estimables. Toi, Polyte, tu as de beaux seigles et de hautes avoines ; mais toi, Zozo, tu as de beau froment et de magnifique chanvre. Toi, Polyte, tu possèdes un grand troupeau de moutons bien gras et couverts d'une laine touffue ; mais toi, Zozo, tu as de superbes vaches. Je vous trouve donc un mérite égal, et je laisse ma fille libre de choisir entre vous deux.

— Alors je suis tranquille ! s'écria vivement Zozo ; c'est moi qui ai fait la moisson pour elle !

— Mais c'est moi, pensa tout bas Polyte, qui lui ai dit le plus de paroles aimables.

— Puisque je peux choisir entre ces deux épouseurs, dit la Jacquinette, c'est Polyte que je préfère.

— Au fait, tu as raison, conclut le maître d'école, les moutons de Polyte sont plus gras que les vaches de Zozo.

Peu de temps après, Polyte épousait la Jacquinette.

Comment peindre la douleur de cet héroïque Zozo ? ... Il faudrait que l'encre coulât de ma

« Et Zozo est devenu garde champêtre. »

plume en torrents de larmes. Pendant longtemps rien ne put le consoler, ni les coups de
poing des grosses filles du village, ni le vin
blanc de la Champagne, fleuve d'oubli qui coule,
au cabaret, en flots argentés. Mais le temps est
un grand consolateur ; plusieurs années se pas-
sèrent, et l'âge des rêves élégiaques fit place à
l'âge de l'ambition. Voici la seconde phase de
l'histoire de ces deux grands hommes, dignes
d'être placés à côté des hommes illustres de
Plutarque.

Un jour, Gavarni revint dans le petit village
champenois, pour retrouver quelques impres-
sions de son enfance.

Il marchait, en rêvant, dans le petit chemin
crayeux, bordé, d'un côté, par une haie d'aubé-
pine, de l'autre par des seigles ; il s'en allait
cueillant des souvenirs dans ces mêmes champs
où, tout enfant, il cueillait des bluets, lorsque
tout à coup il aperçut devant lui deux souvenirs
en blouse et en sabots. Comme il les avait déjà
revus de loin en loin, il reconnut aisément
Polyte et Zozo.

Les deux héros, plongés dans l'abîme de leurs

réflexions, marchaient la tête baissée et les mains dans les poches.

— Qu'avez-vous donc, mes amis ? leur demanda notre célèbre artiste.

— Tiens ! c'est M. Gavarni ! s'écrièrent-ils tous deux.

— A quoi pensiez-vous donc ainsi ? Etait-ce à la prochaine récolte ?

— Non, mossieu le dessineux, dit Polyte. J'vas vous dire la chose. Nous sommes deux songeux, deux rêveux ; nous avons dans la tête quelque chose qui nous ronge le cerveau, comme les vers rongent quelquefois nos pommes et nos prunes ; nous avons de l'ambition... mais là... une ambition sans bornes. Moi qui, sans me flatter, ai de l'entendement et de la malice, j'voudrais mener les affaires publiques ; j'voudrais, comme dit le journal de M. le curé, jouer un rôle politique, tenir le timon de l'État et arriver au faîte des honneurs.

— Voudriez-vous être préfet de la Marne ?

— Non ; mais je voudrais être adjoint au maire.

— C'est plus facile. Et vous maintenant,

Zozo, répondez : quel est votre souci, quel est votre désir ?

— Moi, dit Zozo en portant fièrement le nez en l'air, avec un geste de tête qui lui était familier, j'aime le danger, les batailles ; je voudrais avoir des hommes à combattre, de la gloire à conquérir, comme dit le père Jérôme, qu'est un vieux de la vieille.

— Voudriez-vous, reprit Gavarni, nouvel Alexandre le Grand, conquérir la Perse, l'Egypte et la Syrie ?

— Alexandre le Grand, reprit Zozo, c'est-y pas le cousin Alexandre Pitou, le fils à Cadet, qu'est grand comme un mât de cocagne et un tambour-major ?

— J'admire votre érudition, ô savant disciple du maître d'école Jacquinet ! Mais répondez : vous voulez, dites-vous, récolter des lauriers au lieu d'avoine ; quel est donc le titre que vous ambitionnez ?

— Le plus beau de tous, un titre qu'on donne aux crânes et aux braves.

— O Zozo ! voudriez-vous être maréchal de France ?

— Non, mais je voudrais être garde champêtre.

Tout en parlant ainsi, on venait d'arriver devant la demeure de Polyte ; c'était la plus belle maison du village, comme il en était devenu le plus riche habitant.

— Voyons, monsieur Gavarni, dit le candidat municipal, vous accepterez un peu de vin blanc et quelques biscuits ; et puis, vous, qui êtes un malin, vous allez nous écrire de belles phrases à M. le préfet du département, et l'enjôler pour qu'il me nomme adjoint au maire, et qu'il proclame Zozo garde champêtre.

— Je vais rédiger la demande, dit Gavarni en prenant son crayon.

— Eh ben, vous ne voulez pas une plume ?

— C'est inutile.

Au bout d'une demi-heure, Gavarni déclara que la demande était terminée. Il fit une grande enveloppe et mit pour adresse : « A monsieur le préfet du département. » Il allait y mettre le cachet, lorsque les deux candidats voulurent lire la demande, pour voir toutes les recommandations, tous les éloges, tous les arguments que

Gavarni avait réunis en leur faveur. Polyte et Zozo prirent donc le papier, le déplièrent, puis poussèrent un cri de désespoir.

Qu'était-ce donc que cette demande?

C'était tout simplement la copie du dessin que Gavarni avait ébauché dans son enfance. Cette esquisse, dont il avait fait présent à Polyte, était restée attachée au mur, avec quatre belles épingles, et Gavarni, tout en la regardant de temps à autre, pour la perfectionner et aider ses souvenirs, venait de tracer un charmant dessin, plein d'esprit et de naïveté, où se trouvaient trois visages enfantins, trois types villageois, merveilleusement saisis. Il écrivit en tête : *Souvenir de l'école.*

Zozo, grimpé sur le mur, volait hardiment les prunes ; Polyte les mangeait en sûreté, et Marmichet, dans un coin, était comme le serpent au pied de l'arbre du fruit défendu.

Gavarni écrivit en regard des trois personnages :

« Zozo, qui, dans son enfance, escalada bravement un mur pour voler des prunes, demande la place de garde champêtre. Polyte, qui eut l'adresse de les manger, sans courir de risques, sollicite la place d'adjoint au maire. Quant à Marmichet, ce n'est qu'une espèce de familier de l'Inquisition, qui les dénonça au maître d'école. »

— Nous sommes perdus ! s'écrièrent Polyte et Zozo.

— Vous êtes nommés ! dit Gavarni.

Et, sans écouter leurs supplications, il remit le dessin sous enveloppe et l'envoya au préfet.

Le préfet, comme on le pense bien, fut fort étonné en voyant cette demande peu officielle. Il mit ses lunettes, en frotta les verres ; des nuages de colère s'amassèrent sur son front, et il s'écria :

— Se moquerait-on du préfet ? Serait-ce une insulte à l'autorité ?

Et les employés de la préfecture, qui regardaient le dessin, en se penchant sur l'épaule préfectorale, répétèrent en chœur :

— Se moquerait-on du préfet ? Serait-ce une insulte à l'autorité ?

Mais le préfet, qui était un homme d'esprit, reprit le dessin et l'examina d'un regard scrutateur. Peu à peu, ses sourcils, froncés comme

« Tandis que Marmichel n'est toujours qu'un pas grand'chose. »
(Dessin de Gavarni.)

ceux de Jupiter Olympien, cessèrent de se contracter, son visage reprit sa sérénité habituelle : il fit de petits signes de tête approbatifs, puis il partit d'un immense éclat de rire.

Aussitôt le chœur des employés répondit par un autre éclat de rire, puis demanda immédiatement :

— Pouvons-nous savoir ce qui fait rire monsieur le préfet ?

Le préfet ne daigna pas répondre ; il prit une plume et écrivit :

« Je m'empresse d'envoyer à M. Gavarni la nomination de ses deux protégés.

« M. Zozo, qui a eu l'audace de voler des prunes (vol innocent et enfantin), me semble assez déterminé pour arrêter ceux qui voleront des raisins dans les vignes ou des gerbes dans les champs : je le nomme garde champêtre.

« M. Polyte, qui a eu l'esprit de manger le fruit dérobé par un autre, me paraît assez rusé et assez diplomate pour entrer dans l'administration : je le nomme adjoint au maire.

« Je ne serai pas moins généreux envers M. Marmichet, pour lequel cependant on ne demande rien. Un dénonciateur ne peut être dévenu, en grandissant, qu'un Judas ou un voleur ; je garde à M. Marmichet un logement gratuit dans la prison de la ville.

« J'envoie mon album à M. Gavarni, avec prière d'y dessiner les trois enfants devenus des hommes : Polyte, adjoint au maire ; Zozo, garde champêtre ; et Marmichet, exerçant la profession de pas grand'chose. »

Quelques jours après, Gavarni était assis dans la succursale de la mairie, qui était tout simplement une cuisine de village. Pour remplir les désirs du préfet, il dessinait le grand Polyte, premier du nom, qui venait d'être revêtu de la dignité d'adjoint au maire. Le spirituel artiste retraça fidèlement cet embonpoint majestueux, ce visage administratif ; il mit une pensée profonde dans ces sourcils rapprochés et dans ces yeux en coulisse, puis il couronna d'un bonnet de coton cette noble tête, où se croisaient tous les chemins vicinaux. Quand il eut fini le portrait de cette illustration municipale, il se dit en soupirant : — Il me manque deux modèles encore pour l'album du préfet ! Il me sera facile de rejoindre Zozo ; mais qui me rendra Marmichet, disparu du village, et que je demande vainement aux échos d'alentour ?

Or, un grand bruit vint le troubler au milieu de ces douloureuses réflexions. Le nouveau garde champêtre amenait à l'adjoint, en l'absence du maire, un vagabond qu'il venait d'arrêter. Il l'avait pris au collet et commençait à l'étrangler, avec sa douceur habituelle. Il le poussa devant l'adjoint, qui l'interrogea majestueusement.

— Votre nom ? dit Polyte avec la gravité d'un président de cour d'assises.

— Marmichet, répondit le prévenu.

— Marmichet ! s'écrièrent Polyte et Zozo.

— Marmichet ! dit Gavarni, qui reprit bien vite son crayon.

— Il y a une Providence, dit Zozo à Marmichet ; je t'avais bien dit que tu me payerais, queuque jour, les coups de férule du maître d'école !

Cet honnête homme de Marmichet, un peu vagabond, un peu maraudeur, un peu fripon, un peu voleur, venait de prendre naïvement une bourse de cuir, qui traînait dans une ferme ; puis, dans sa candide innocence, il en avait chargé sa conscience et sa poche. Marmichet était un Robert Macaire greffé sur un Judas.

On l'expédia au préfet. Il s'achemina triomphalement vers la ville, avec deux gendarmes pour gardes d'honneur ; puis il habita la prison par raison d'économie, puisque c'est le seul logement que les propriétaires n'aient pas augmenté.

Gavarni, qui venait de compléter l'album du préfet, le lui renvoya, orné des trois types du garde champêtre, de l'adjoint au maire et du vagabond. Le préfet mit à côté le dessin des petits voleurs de prunes, puis il écrivit en tête :

Cours de philosophie de Gavarni.

UNE

RENCONTRE SUR LA NEIGE

Un jeune paysan, champenois comme les trois héros dont nous vous avons raconté l'histoire, venait de quitter le chemin de fer et de descendre à la gare de Nuisement, petit village voisin de Châlons-sur-Marne. Pendant toute la route, il avait étourdi ses compagnons de voyage du bruit de ses chansons et de sa gaieté ; il se sentait dans son wagon des troisièmes, un bonheur de première classe, car il revenait dans son pays et il allait retrouver sa mère, qu'il n'avait pas vue depuis une année.

Il s'était laissé entraîner par les fastueuses promesses d'un oncle qui avait une petite bouti-que à Orléans et voulait le mettre au courant de son commerce, pour l'y associer plus tard. Il était parti, malgré les larmes de sa mère. Il voulait vivre dans la ville, comme un citadin. Il ne comprenait pas que le devoir du paysan est de rester au milieu des champs où il travaille, et de mettre son bras au service de la patrie pour la nourrir, comme le soldat pour la sauver.

Notre jeune paysan, qui avait à peine quinze ans, ne se disait pas encore tout cela ; mais au bout d'un an de séjour dans la ville, l'amour du pays et l'amour filial l'emportèrent sur toutes les promesses de l'oncle. Il sentit qu'il était fait pour la vie des champs, il n'y tint plus, il avait la nostalgie de la charrue et il reprit le chemin de son village.

Il avait écrit à sa mère pour lui annoncer le jour et l'heure de son retour ; la brave paysanne qui était veuve et avait concentré toutes ses affections sur son fils, attendait impatiemment son cher Hormisdas.

Car il portait le nom pompeux d'Hormisdas. La plupart des paysans champenois ont des noms à effet, et dans les plaines de la Champagne on voit à chaque pas Virgile, Ovide et même Ulysse conduire la charrue, en criant : « Hue donc ! Dia ! dia ! dia ! »

Hormisdas venait donc de descendre à Nuisement, et son sac sur le dos, son bâton à la main,

Une neige épaisse couvrait la terre.

il se préparait à faire une lieue à pied, pour gagner son village, un tout petit pays qui porte le nom de Chéniers, et qui, en fait de population, n'a guère qu'une centaine d'âmes, mais de bonnes âmes, et en fait de cathédrale, une toute petite église, dans laquelle tout le monde prie avec recueillement : car Dieu, qui remplit le firmament et les cinq parties du monde, tient très bien dans une petite église de village.

Or, notre paysan qui se sentait heureux comme... eh ! mon Dieu ! comme un paysan ; il ne serait pas exact, par le temps qui court, de dire heureux comme un roi... notre paysan, disons-nous, commença sa route pour gagner son village ; mais on était en hiver, et une neige épaisse, à perte de vue, où le regard se perdait dans le blanc, avait couvert toute la campagne.

— Bon ! dit Hormisdas, v'la la plaine qui a mis sa robe blanche, comme une première communiante !

Il continua à marcher, mais toujours escorté par la neige, cette compagne glacée qui met un manteau blanc sur les épaules du voyageur, qui poudre à blanc les cheveux du paysan, comme la tête d'un petit marquis de la Régence, qui donne l'onglée aux doigts, fait courir un frisson dans le corps, et met sous les pieds un tapis éblouissant, plus beau et plus épais que ceux de nos appartements, mais qui refroidit et engourdit les pieds, au lieu de les réchauffer.

Cette neige qui aime à mystifier les voyageurs, s'amuse surtout à cacher les chemins, à en effacer toutes les lignes et à les faire chercher inutilement. Hormisdas, qui ne savait comment se diriger, marchait au hasard et commençait à s'égarer.

Mais tout à coup il poussa un cri de joie : il venait d'apercevoir un poteau qui s'élevait au milieu des neiges.

— Me v'là sauvé ! s'écria-t-il.

Mais hélas ! il ne vit sur le poteau qu'une épaisse couche de neige qui, pareille à une bande blanche sur une affiche de théâtre. avait recouvert l'indication de la route.

— Ah ! farceuse de neige ! s'écria-t-il. Dire que j'sommes si près de ma bonne mère et que je n' pourrai pas arriver jusqu'à elle ! J'en perds l'esprit, j'sommes quasi comme saint Denis, le patron de notre église de Chéniers, dont une demoiselle de Paris a fait la portraiture : je n'ai plus ma tête.

Pour comble de malheur, l'énorme sac qu'il

portait sur le dos se détacha et tomba sur la neige.

— Ah ! sapristi ! s'écria-t-il avec effroi, si j'allais perdre mes effets et mon magot !

Il ramassa le sac de voyage, en tira une grosse bourse de cuir, et, s'appuyant contre le poteau, il compta l'or qu'elle contenait.

— Tout y est, se dit-il, v'là ben les quatre cents francs que j'ai gagnés au service de mon oncle.

Il allait remettre le sac sur ses épaules, lorsqu'un homme, qui depuis un instant marchait à quelque distance, sans qu'il s'en aperçût, et qui l'avait vu compter son or, bondit tout à coup sur lui et voulut lui arracher le sac qui contenait son trésor.

— Ah ! brigand ! s'écria Hormisdas, qui voulut reprendre le sac et le tira à lui.

Une lutte forcenée s'engagea ; quoique le jeune paysan n'eût que quinze ans, il était plus robuste que le voleur ; mais celui-ci était plus adroit que lui : il avait l'érudition du croc en jambe, la supériorité de la souplesse et de tous les coups perfides. En passant subitement son pied leste sous la grosse jambe d'Hormisdas, il le fit tomber lourdement, le terrassa et lui appuya un genou sur la poitrine.

— A moi ! à moi ! cria Hormisdas, d'une voix étouffée, qui déjà ressemblait à un râle.

Mais qui aurait pu venir à lui dans cette solitude ? Un loup affamé qui eût passé par là ? mais le loup serait plutôt venu en aide au brigand qu'au pauvre Hormisdas : tout le monde sait que les loups ne se mangent pas entre eux. Du reste, il n'y en avait même pas un seul qui rôdât sur le chemin. On ne voyait, en fait de passants, qu'une pie et un corbeau : or, la pie, qui est le premier des pickpockets, eût été certainement de la bande du voleur ; quant au corbeau, il faisait entendre un croassement d'impatience : il attendait le meurtre d'Hormisdas, afin de pouvoir, quelques instants après, faire un bon repas sur son cadavre.

Cependant Hormisdas fit un suprême effort, et d'un coup de poing vigoureux repoussa le voleur.

— Ah ! tu fais le méchant ! s'écria le misérable ; ma foi, ce n'est pas de ma faute, je vais te faire rester tranquille.

Et tirant un couteau de sa poche, il en porta un coup au malheureux Hormisdas, qui poussa un horrible cri et resta sans mouvement, étendu sur la neige.

Le voleur, ou plutôt l'assassin, s'empara du sac et prit la fuite. Il marchait au hasard, sans savoir où il voulait aller, et n'avait d'autre but que de fuir les agents qui devaient le poursuivre : car il venait de s'échapper d'une prison de Châlons. Il errait comme une bête fauve, poursuivie par les traqueurs; il était épuisé de fatigue, glacé par la neige et dévoré par la faim. Mais s'il y a un Dieu pour les honnêtes gens, il y a certainement un diable pour les voleurs. Ce diable lui vint en aide, et bientôt il aperçut le petit village de Chéniers, vers lequel il se dirigea aussi lestement que le lui permettait l'épaisse couche de neige dans laquelle ses pieds s'enfonçaient.

Au bout de quelques instants, il arriva dans l'unique rue du village, qui selon l'habitude était complètement déserte, quoiqu'il fût encore jour. Cependant une femme était sur le pas de sa porte et regardait à droite et à gauche, avec une impatience fiévreuse.

Le bandit s'arrêta devant elle et lui dit :

— Si c'était un effet de votre bonté de me laisser prendre un petit verre et casser une croûte ?

— Passez votre chemin, répondit-elle. Je ne laisse pas entrer les vagabonds.

— Je ne suis pas un mendiant ; j'ai de l'argent pour payer, répondit le bandit, avec une fierté assez mal placée.

— On n'en veut pas de votre argent ; ce n'est pas ici le cabaret.

— Mais je ne peux plus faire un pas, ma bonne dame, s'écria-t-il, d'un ton suppliant; je me meurs de fatigue, de faim et de froid. Je viens de marcher pendant plus de deux heures dans la neige.

— Ah ! pour ça c'est vrai, qu'il doit y faire ben froid, au milieu de la neige ! s'écria la paysanne, en se laissant attendrir. Celui qu'elle attendait, le fils bien-aimé qui lui avait annoncé son retour, et qui était en retard d'une heure, avait dû aussi, lui, faire une longue route dans la neige, et la brave femme se dit qu'il fallait faire pour le pauvre voyageur ce qu'elle eût souhaité que l'on fît pour son fils, s'il avait eu un asile à demander ; or, ce fils qu'elle croyait à chaque instant voir paraître et pouvoir embrasser, c'était le malheureux Hormisdas.

— Il est certain, dit-elle, qu'il fait bon être à la coua (à l'abri), par un pareil temps. Ça vaut mieux que d'être à la mouille, ajouta-t-elle en soupirant et en songeant à Hormisdas. Allons ! entrez et siettez-vous là.

Et la pauvre Gasparine Hubert (c'était le nom de la mère d'Hormisdas) fit asseoir l'assassin de son fils devant une table, sur laquelle elle avait mis le couvert joyeusement, pour souper avec son cher enfant.

— V'là qui va vous réconforter, dit-elle, en donnant au misérable une énorme assiettée de soupe aux choux et en lui coupant un morceau formidable de pain bis, qu'elle venait de faire cuire la veille, le tout arrosé d'un verre de vin aigrelet, qu'elle remplit jusqu'au bord.

Le bandit dévora son repas avec cette gloutonnerie bestiale des gens affamés. Il avait repris des forces et se levait pour sortir ; mais comme Gasparine avait bon cœur et ne voulait pas voir souffrir, elle le retint en lui disant :

— Chauffez-vous encore et séchez-vous bien, avant de partir.

Et elle planta une chaise devant l'énorme cheminée où brûlait un feu clair de bois de sapin, avec ces grandes et confortables flammes qui réjouissent les yeux comme elles réchauffent le corps. C'est là le seul luxe des maisons de paysans, qui ne marchandent pas plus le grand feu dans la cheminée que l'été ne leur marchande le soleil dans la plaine.

Le bandit s'était assis et tournait le dos à la table. Gasparine, pour se chauffer aussi devant la cheminée, prit brusquement une chaise et fit tomber le sac de voyage, qui était posé dessus. Le sinistre voyageur, tout entier à la joie de se réchauffer, ne songeait pas à son sac, et comme précisément dans ce moment il faisait tomber la pelle et les pincettes, le bruit se confondit avec celui du lourd fardeau, et il n'y fit pas attention.

Mais le sac s'ouvrit, les objets qu'il contenait tombèrent sur le carreau et Gasparine resta stupéfaite : elle avait reconnu les habits du dimanche de son fils ; c'était le même gilet à ramages, la même cravate rouge et noire et le même veston de drap marron.

— Oh ! c'est singulier, se dit-elle, comme ça ressemble aux affiquets d'Hormisdas... C'est ce qui s'appelle un hasard !

Mais en ramassant les effets, pour les remettre dans le sac, elle fit tomber une lettre qui était dans la poche du gilet ; elle lut sur l'enveloppe: *A M. Hormisdas Hubert*, elle reconnut sa grosse écriture et vit que c'était une lettre qu'elle avait écrite à son fils.

Un cri d'épouvante lui monta à la gorge ; mais avec une présence d'esprit surhumaine elle parvint à le retenir. Elle ne pouvait douter que le misérable qui était là, chez elle, n'eût dévalisé son fils au milieu de la route ; mais qu'en avait-il fait ? que s'était-il passé ?... Si elle jetait un cri, il allait se ruer sur elle et peut-être l'assassiner.

Elle allait courir vers la porte, pour chercher du secours, lorsque le bandit se retourna vivement, en s'écriant :

— Et mon sac de voyage.., où est-il ?

— Vot'sac ?... dit Gasparine, toute frémissante et pâle comme la mort. Il est là, balbu-tia-t-elle, en lui désignant d'une main toute tremblante la chaise sur laquelle elle l'avait remis.

Il avança le bras pour le prendre, mais en faisant ce mouvement il laissa voir, sur la manche de sa veste, une large tache de sang.

Alors, oubliant toute prudence, et ne songeant plus qu'à l'horreur que lui inspirait le misérable qui devait être l'assassin de son fils, elle s'élança sur lui, folle, éperdue, avec le désespoir d'une mère et la fureur d'une lionne, et le saisissant au collet, de ses deux robustes mains, elle s'écria :

— Assassin !

A son tour, il fit un brusque mouvement de terreur. Quelque vigoureuse que fût la paysanne, il était encore plus fort qu'elle ; il la repoussa violemment, en lui disant d'une voix menaçante :

— Tais-toi !

— Au secours ! cria-t-elle.

Alors, courant à elle, il appuya une main sur sa bouche pour étouffer ses cris, et de l'autre lui serra le cou comme pour l'étrangler.

La figure de la malheureuse femme devenait pourpre, puis violacée, la respiration manquait ; elle était perdue.

Tout à coup le misérable sentit une masse bondir sur son dos, avec tant de violence qu'il faillit être renversé. Il voulut se dégager de ces deux bras qui l'étreignaient ; mais en se retournant, il vit que ces bras étaient deux larges pattes, et que le défenseur de la paysanne était un vigoureux chien. C'était assurément le plus redoutable et le plus beau de tous les gendarmes, un chien de chasse déclassé, qui servait bien à Hormisdas à faire la chasse aux lièvres et aux lapins, mais qui, le reste du temps, daignait rester à la niche, dans la cour, et être tout simplement chien de garde.

Le voleur, mordu cruellement par ce fidèle défenseur, lui asséna un coup de poing, qui le fit rouler à quelque distance ; puis profitant du premier moment de surprise du brave Tom, qui n'était pas habitué à lâcher prise aussi facilement, il se précipita vers la porte et disparut.

Quelques instants après, un bruit de charrette

se fit entendre devant la maison. C'était le sa-
medi, jour du marché de Châlons, et l'un des
paysans qui revenaient de la ville s'arrêta devant
la porte de Gasparine et entra chez elle.

— Tenez, ma cousine, lui dit-il (à Chéniers
tout le monde s'appelle cousin et cousine, sans
aucune raison de parenté), je vous rapporte la
belle casquette et le veston du dimanche que
vous m'avez chargé d'acheter à Châlons, pour
en faire cadeau à votre Hormisdas, qui reve-
nions aujourd'hui... Mais je ne le voyons pas.

Gasparine le regardait sans lui répondre et
répétait sans cesse avec égarement.

— Il a tué mon fils !

— Hein ? quoi !... il a tué votre fils... mais
qu'est-ce que vous voulez dire et de qui voulez-
vous parler ?

— D'un misérable qui vient de prendre la
fuite, en oubliant le sac qu'il a pris à mon pauvre Hormisdas, et si j'étais encore dans la dou-
tance du crime, cette bourse pleine d'or, que
je viens de trouver dans le sac, me donne-
rait la certitude qu'il l'a assassiné pour le
voler.

Au milieu de ses sanglots, elle expliqua au paysan ce qui venait de se passer ; puis soudain se levant résolument, elle s'écria :

— Je vais le chercher ! je le ramènerai mort ou vivant.

Un paysan revenant du marché.

— Toute seule comme ça ? dit le paysan ; est-ce que vous croyez que vous serez assez forte pour le rapporter dans vos bras, comme lorsque vous le nourrissiez ? Allons, ma cousine, prenez votre mante et montez dans ma charrette. J'ai de bonnes couvertures pour l'envelopper et le réchauffer, vot' cher enfant.

— On ne réchauffe pas les morts! murmura Gasparine d'un ton sinistre.

— Allons, pas de désespérance, reprit le paysan. Quelque chose me dit que l'été prochain il fera la moisson avec nous.

— Dieu vous entende! mon brave Jérésime. dit la pauvre mère, avec un cri d'espoir.

Et elle s'élança dans la charrette, à côté du paysan.

Elle savait qu'Hormisdas avait dû quitter le chemin de fer à Nuisement, et faire ensuite une lieue à pied, dans la campagne, pour arriver à Chéniers. Elle dit donc à Jérésime de la conduire vers le chemin qu'il avait dû suivre.

Mais quand la malheureuse mère arriva dans cette immense plaine de neige, dans ce grand désert blanc, où l'on ne distinguait ni aucun chemin tracé, ni aucun être humain, pour lui demander s'il avait vu passer le voyageur, elle resta terrifiée, anéantie. Pour comble de malheur, la neige tombait de plus en plus fort, et comme si elle était complice de l'assassin, elle avait dû, sous ses flocons épais, recouvrir le corps de la victime.

Ils arrivèrent ainsi près du poteau.

Gasparine cherchait autour d'elle avec anxiété, et regardait si elle ne découvrirait pas son malheureux fils, étendu au milieu de la neige.

— Mais je ne vois rien ! s'écria-t-elle avec désespoir.

— M'est avis, dit Jérésime, que s'il est par ici, il ne doit pas être facile à trouver ; la neige tombe dru, elle a eu le temps de le recouvrir et de le cacher, et à moins d'être sorcier...

— Mais nous en avons avec nous, un sorcier ! s'écria-t-elle. Et elle se mit à appeler de toutes ses forces :

— Tom !... Tom !...

Et le beau chien de chasse, qui les avait suivis, courant çà et là dans la neige, et y roulant sa robe de soie blanche et brune, arriva en bondissant jusqu'à sa maîtresse. Elle avait raison de croire à sa sorcellerie : car il est certain que ces braves chiens, dont le flair est surnaturel, ont un talisman au bout du nez.

— Cherche, Tom ! cherche ! cria Gasparine.

Il put retourner aux champs faucher.

Il fixa sur elle ses yeux brillants, puis il partit comme un trait, il avait compris.

Il errait, cherchait, fouillait la neige avec son bon et large museau, puis il avait l'air de dire « Ce n'est pas cela », et s'en allait plus loin.

Qand il fut près du poteau, il s'arrêta net devant une petite élévation, formant au milieu de la neige une sorte de monticule. Il poussa un aboiement joyeux et se mit à gratter la neige de toute les forces de ses grosses pattes.

— Il est là ! s'écria la mère en s'élançant près du chien. Tom continuait à gratter avec un entrain si vigoureux que Gasparine s'écria :

— Mais il va blesser mon pauvre enfant et lui déchirer le visage avec ses griffes !... Tom !... Tom !... ici !

Mais Tom n'écoutait rien, et continuait à faire sauter la neige qui recouvrait le monticule. Tout à coup, il s'arrêta et, au lieu de gratter, il se mit à lécher le visage d'Hormisdas, que l'on vit apparaître.

— C'est lui ! lui, mon fils ! s'écria Gasparine, avec un de ces cris où vibre tout le cœur.

Aidée du paysan, elle le débarrassa de la neige

qui le recouvrait ; mais quand elle vit distincte-
ment cette figure livide, ce bras raidi par le froid
et ces taches de sang, elle s'écria avec désespoir :

— Il est mort !

Elle se pencha sur lui, mit précipitamment la
main sur son cœur, cette seule pendule qui ne
s'arrête jamais dans la vie, et elle sentit quelques
faibles pulsations.

— Il n'est que blessé ! s'écria-t-elle ; puis c'est
le froid qui lui donne cette raideur et cette teinte
livide. Vite, Jérésime ! portons-le dans la charrette, enveloppons-le dans les couvertures, et
quand il sera chez nous, bien couché, bien ré-
chauffé, quand je l'aurai soigné avec toute mon
âme, je le sauverai, c'est Dieu qui me le dit !

En effet, par un de ces miracles de tendresse
et de soins, dont les mères ont le secret, elle
parvint à guérir son cher blessé, et Hormisdas
reprit peu à peu ses forces et sa vigueur. Au
bout de quelques mois, il retournait aux champs,
faucher les blés, et il disait avec fierté que la
mort, cette grande faucheuse, était moins habile
que lui, puisqu'elle n'avait pas eu le talent de
l'abattre et de le mettre dans sa gerbe.

Le voleur avait été pris presque au sortir du village, par un garde champêtre, aidé d'un robuste paysan. Il fut reconduit à Châlons, réintégré dans sa prison, jugé à Reims, et condamné pour tentative d'assassinat à faire un voyage de désagrément en Calédonie.

Quant au brave chien qui avait sauvé la vie à sa maîtresse et à son maître, il fut affranchi de la chaîne pour le reste de ses jours, traité en ami de la famille, et d'après l'avis d'un membre de la *Société protectrice des animaux*, on suspendit à son collier une médaille de sauvetage.

TABLE DES MATIÈRES

CHATEAUROUX. — TYP. ET STÉRÉOTYP. A. MAJESTÉ.